Les Fleurs du Mal

Charles Baudelaire

Les Fleurs du Mal

악의 꽃

Charles Baudelaire

샤를 보들레르

Moon Yurim · Kim Daeyoung

문유림 · 김대영

옮긴이의 말

어린 시절부터 영감의 원천이었던 대문호의 시를 번역하는 일은 생각만큼 어려운 작업이었습니다. 이미 저명한 번역자들이 깊은 언어적 분석과 시인에 이해로 여러 권의 번역집이 출간되었지만, 문학과 미술을 전공한 사람으로서, 또 동시대를 살아가고 있는 청년으로서 〈악의 꽃〉이 가지고 있는 파격적이고 투쟁적이며 현대적인 지점을 끌어올리는 의미가 되어보겠다고 호기롭게 시작했습니다. 이 시집은 여전히 현대적인 언어와 미술적이기도 한 시점으로 새로운 번역 작업이 진행되어야 하며, 그럴 가치가 있다는 믿음이 있었습니다. 또 이 시대를 살며 사회적, 정신적 억압을 경험하고 극복하는 사람들에게 고통과 유한성에 대한 보들레르의 집요한 추궁은 투쟁의 태도를 취하는 데 두려움 없는 기운을 전달해줄 것이라 믿었습니다. 그 힘이 20편의 시를 선정하고 번역을 마치는 데까지 이르게 했습니다.

어떤 시는 추상미술작품처럼 상징으로 가득하고 생소한 언어조합으로 이루어져 있습니다. 그런 경우 현대미술을 읽는 것처럼 그 속의 텍스트를 무조건 이해하려고 노력하지 않아도, 보이는 구조와 표면만으로도 신선하고 재미있게 읽힐 수 있도록 번역하려 노력했습니다.

부디 보들레르의 〈악의 꽃〉이 고전시일 뿐만 아니라 현대적이고 흥미로운 현대예술과 같은 가치가 있는 작업으로 받아들여지는 데에 일조하는 시도였길 바라봅니다.

문유림

–

!일러두기

1. 이 책은 Les fleurs du mal ; Les épaves ; Bribes ; relevé de variantes par Antoine Adam(1857-1861)을 토대로 우리말로 옮긴 것이다.
2. '악의 꽃' 재판의 126편과 '새 악의 꽃' 16편, 총 142편의 시 가운데 대표적인 것과 시적 세계와 가치관이 잘 드러난 20편의 시를 선정했다.
3. '악의 꽃'의 시 구성은 매우 정교한 건축물과 같다고 시인이 언급한 바 있다. 그래서 시의 순서는 굉장히 중요한 요소인데, 책 속의 시 20편의 순서는 그 건축 구조의 해석적 이유로 본래 시집과 달리 배열했다. 시인의 의도를 충분히 연구하고 '악의 꽃' 본래의 이해를 돕기 위해 새 배열을 이루었다.
4. 시인도 중시했던 '현대성'을 전하기 위해 시인의 의도와 문체를 해치지 않는 선에서 의역을 많이 사용하였다.
5. 열과 행 또한 구분하여 읽기 쉽고 편하게 편집하였다.
6. 제목이 없는 시는 첫 행을 제목으로 하였고 '*'로 표시했다.
7. 시마다 독자의 해석을 돕기 위해 역자의 짧은 시평을 수록하였다.

Contents

02 La voix 목소리

Le rebelle

반역자

연인들의 죽음

La mort des amants

우리는 은은한 향기가 밴 침대를 갖게 될 거야.
무덤처럼 깊고 기다란 소파를.
타국의 기이한 꽃들이 우리를 덮을 거야.
이곳보다 아름다운 하늘 아래에서.

마지막으로 남은 열정, 그 열망을 불태워
두 개의 심장 거대한 불꽃이 되면
우리의 두 정신, 쌍둥이 같은 거울 속에
두 배의 빛 비춰리.

분홍빛과 신비로운 푸른빛이 감도는 저녁,
우리는 서로의 하나뿐인 빛을 주고받네,
긴 울음으로 작별을 아쉬워하며.

이후, 한 천사가 문을 열고 들어와
기쁘고 충성스러운 마음으로
이 바랜 거울에 꺼진 불길을 소생시키리.

영원하길 바랐던 것의 죽음이야말로 유한한 인생이 겪는 최고의 고통일 것이다. 이러한 우리의 숙명을 받아들이면서도 그 너머의 곳에서 다시 만날 것을 그리며 시인은 끝 그 너머를 바라본다. '이곳보다 더 아름다운 하늘 아래에서… 꺼진 불꽃 다시 소생시키리…'

가난한 이들의 죽음

La mort des pauvres

위로도, 살게 하는 것도, 죽음!
죽음은 삶의 목표, 단 하나의 희망,
마법의 약처럼 우리의 몸을 취하게 하여
저녁까지 걸어갈 힘을 주네.

죽음은 태풍과 눈발과 서리를 뚫고
우리의 검은 지평선에 비추인 빛.
먹고 자고 앉아 쉴 곳을 주는
책에도 나온 유명한 민박집.

죽음은 자석으로 된 손가락으로
잠과 무아지경의 환상을 선물하는 천사.
가난하고 벌거벗은 이들에게
잠자리를 마련해 주네.

죽음은 신들의 영광,
신비로운 다락방,
가난한 사람의 재산, 오래된 고향,
미지의 천국으로 열린 문!

●

진정한 부자는 없어질 것이 아니라 영원을 품은 사람들. 정말로 가난한 자는 있으나 없는 사람들. 영혼에 무심한 사람들.

2017.6.22

반역자

Le rebelle

불같은 천사가 하늘에서 독수리처럼 내려와
믿음 없는 사람의 머리카락을 움켜잡고 말한다.

"그대 하늘의 법을 알지어다!
(난 너의 수호천사이다. 알았느냐?)

사랑을 베풀 때는 불쾌한 기색 없이 하라.
가난한 자, 사나운 자, 비뚤어진 자,
모자란 자 모두에게!

예수가 지나가실 때
네가 베푼 자비로움으로
승리의 카펫을 깔아드리기 위함이니.

이야말로 진정한 '사랑'.
네 심장 굳어지기 전에
하느님의 영광으로 기쁨을 되살려라.

이것이 사라지지 않는 진정한 '기쁨' 이다!"

천사는 그를 너무나 사랑하여
큰 주먹으로 반역자를 벌했지만,

저주받은 자 대꾸하길,

"난 싫어!"

●

혹시 지금 '난 싫어!'라고 하는 사람이 있는가. 사랑하라는 권유에도 모르는 척하는 대상이 있는가. 어쩌면 그것은 '가난한 나, 사나운 나, 비뚤어진 나, 모자란 나'는 아닌가.

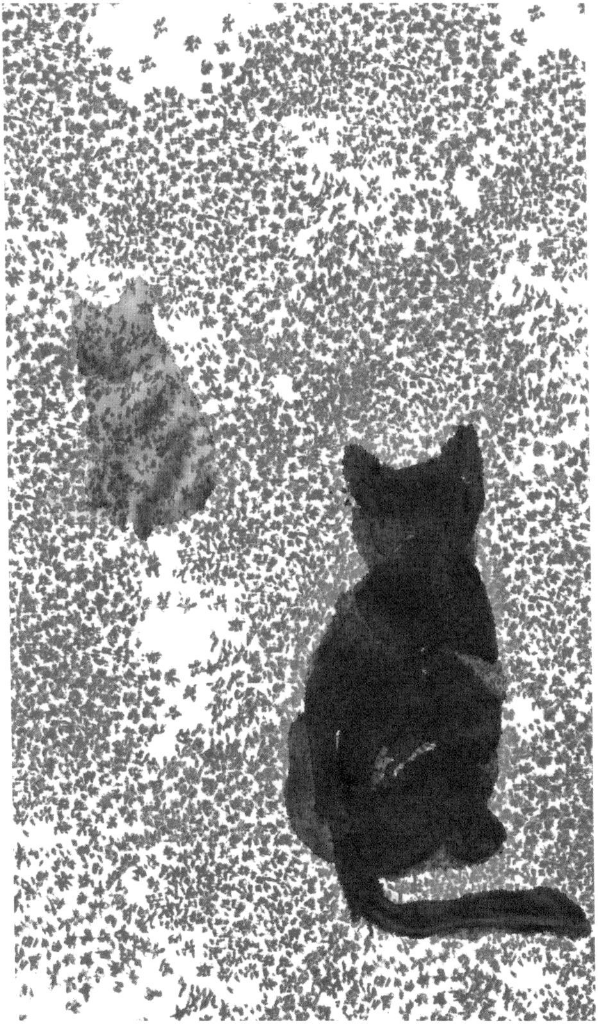

상승

Élévation

수많은 연못 넘어, 계곡 넘어,
산과, 나무와, 구름과, 바다를 넘어,

태양을 넘고, 하늘을 넘고,
별이 빛나는 천구의 국경까지 넘어,

내 영혼, 나를 날렵하게 하여
파도 속에 몽롱케 하는 능숙한 뱃사공처럼,

말로 형용할 수 없는 강한 관능으로
깊은 무한 속을 즐거이 누비네.

벗어나라. 불결한 악취들로부터 저 멀리.
가라. 높은 곳의 공기 속에 그대를 씻기러.

마셔라. 순수하고 성스러운 술을 마시듯,
투명한 공간을 가득 채우는 저 밝은 불을.

희미한 삶을 짓누르는 권태와
막막한 슬픔은 뒤로 하고,

강한 날개로 빛나고 청명한 들판을 향해
날아오를 수 있는 자 행복하여라.

이들의 생각은 종달새와 같이
자유로운 비상을 꿈꾸게 하는
아침의 하늘을 향하고

- 삶 위를 활공하며 -

꽃과 침묵하는 사물의 언어를
어려움 없이 들으리!

시의 1연을 요즘으로 비유하자면 '미디어 위로, SNS 위로, 사회의 잣대 위로, 경쟁 구도 위로' 그쯤일까. 혹은 무엇이 당신을 끌어내리고 있는가. 말끔히 씻기운 당신은 본래 어떤 사람인가.

kim daeyoung

만물 조응

Correspondances

자연은 하나의 신전,
살아있는 기둥들에서
이따금 어렴풋한 말소리 새어 나오는.
인간이, 상징으로 가득한 숲을 지나갈 때면
숲은 정다운 시선으로 그를 관찰한다.

밤, 빛 따위처럼 넓고
어둡고 깊은 일치 속에서
기나긴 메아리 저 멀리서 어우러지듯
향기와 색채 소리 서로 뒤섞이고.

아이의 살결처럼 싱그럽고,
오보에 소리처럼 부드럽고, 초원처럼 푸르고,
- 한편으론 썩었지만, 풍요롭고
고고한 향기가 있어

용연향, 머스크 향, 벤저민 향, 분향
무한한 향기로 번져가
정신과 감각의 환희를 노래한다.

따로이면서도 하나인 만물.
따로이면서도 하나인 감각.

발코니

Le balcon

기억들의 어미, 연인 중의 연인,
오, 내 모든 기쁨! 내 모든 의무여!
우리가 나눈 애무의 찬란함을 떠올려보라,
난롯불의 살가움과 저녁의 운치를,
기억들의 어미, 연인 중의 연인이여!

숯불의 열기로 환해진 저녁과,
장밋빛 연기로 자욱한 발코니에서의 저녁,
당신의 가슴은 달콤하고 당신 마음은 내게 아름다웠지!
우리는 자주 불멸의 것들에 대해 이야기했네.
숯불의 열기로 환해진 저녁들에.

뜨거운, 저녁의 태양 얼마나 아름다운지!
공간은 어찌나 그윽하고 마음 어찌나 굳건한지!
매력의 여왕, 당신에게 기댄 채,
나는 그대의 피의 향 맡은 듯했네.
뜨거운, 저녁의 태양 얼마나 아름다운지!

밤은 장막처럼 깊어가고,
내 눈 어둠 속에서 그대 눈빛 짐작하고
당신의 숨을 마셨지. 오! 달지만 독했던!
당신의 발은 내 따스한 손에 잠드네.
밤은 장막처럼 깊어가네.

나는 행복의 순간을 되살리는 예술을 알고 있지,
그대 무릎 사이에 안긴 내 과거를 되살려 보는 것.
당신의 사랑스러운 몸과 그 좋은 마음 바깥에서
미약한 아름다움 찾아 무엇하랴.
나는 행복의 순간을 되살리는 예술을 알고 있네!

그 맹세, 향기, 영원한 입맞춤,
우리의 심연의 구렁텅이로부터
어려진 태양이 하늘로 다시 솟아오르듯
깊은 바다의 바닥에서 씻은 것처럼
다시 살아나려는가?

안이지만 밖이고 밖이지만 안인 공간. 모순으로 완전해진 이 공간에서 남녀는 하나가 된다. 하지만 이상적인 완전함을 경험하는 이 순간도 영원하지 않다. 기억으로만 남을 뿐이다. 이 세상에서 유일함과 완전함을 맛보는 장치는 있으나, 영원히 지속할 수 없게 되어 있는 것은 신의 설계인가.

모든 것 그대로

Tout entière

악마가 내 방 높은 곳으로부터
오늘 아침 나를 보러 와서는,
나를 함정에 빠뜨리려 애쓰며 말했다.

"나는 정말 알고 싶은 게 있어,
그녀를 두르고 있는 모든 아름다운 것 중에 말이야,
검기도 하고 장밋빛이 나기도 하는
그녀의 매혹적인 몸 중에 말이야,
제일 달콤한 곳은 어디일까."

- 오 이런!
너는 이 '혐오스러운' 자에게 대답했다.

"그녀의 모든 곳이 향기로워서
한 부분을 정하기란 어렵다.
모든 것이 내게 행복이어서, 나는
어떤 부분이 나를 유혹하는지 상관하지 않는다.
그녀는 나를 새벽처럼 비추고

밤처럼 위로하며,
그녀의 아름다운 몸을 감도는 조화는
너무도 섬세하여
어지간한 분석으로는 그 수많은 화음을
적어낼 수 없다.
아 신비로운 변형
내 모든 감각을 하나로 녹인다 !
그녀의 호흡은 음악이 되고,
그녀의 목소리는 향기가 된다!”

악마는 조건적으로 대상에게 가치 매기기를 종용하지만, 시인은 속지 않는다. 어두움, 아픔, 순수함, 밝음, 더러움, 눈물, 웃음… 작고 큰 모든 것의 조화가 한 사람의 빛을 만들어 낸다는 것을 알고 있다. 그리고 그대로 가치 있다고 얘기한다.

살아있는 불꽃

Le flambeau vivant

빛이 가득한 '눈'. 그들이 내 앞을 걸어간다.
명석한 천사들이 주었을 자력을 품고.

그들이 걷는다. 내 눈 안에 보석처럼 반짝이는 불꽃을 흔들며
이 신성한 형제들, 나의 형제들이.

모든 덫과 죄에서 나를 구원하며
내 발걸음 '아름다움'의 길로 인도한다.

그들은 내 종, 나는 그들의 노예.
내 모든 존재가 이 살아있는 불꽃에 복종한다.

매혹적인 '눈', 당신은 대낮에 타는 촛불과 같이
신비로운 반영 속에 빛나고
태양이 붉어져도 그 거대한 불 끌 수가 없다.

불꽃은 죽음을 기리고,
당신들은 부활을 노래한다.

당신들은 내 영혼의 부활을 노래하며 걸어간다.
어떤 태양도 이 별의 불꽃을 죽이지 못하리!

죽음도 꺼트릴 수 없는 불.
그 불꽃은 우리 안에 하나씩 있는 것.
그 불꽃이 당신을 이끌게 하라.
그래서 죽지 말아라. 꺼지지 말아라.

난 잊지 않았네*

Je n'ai pas oublié

난 잊지 않았네, 도시 근교에 있던
우리 하얀 집, 작지만 조용했던.

포모나나 오래된 비너스 상이
작은 숲속에서 벌거벗은 몸을 가리고 있었다.

태양은 저녁이 되면 눈이 부시게
햇살 부서지는 유리창 뒤에서
우리의 길고 말 없는 저녁 식사를 응시하는 듯했네
호기심 어린 하늘 속에서, 커다랗게 뜬 눈으로.

태양은 소박한 테이블보와 커튼 천 위에도
촛불 같은 빛의 반영을 넓게 퍼뜨렸네.

●

떠나고 싶어도 나의 근본을 찾을 수 있는 곳은 가족이고 고향일 것이다. 시인은 잠깐 돌아와야 했던 모양이다. 무엇을 찾으러 왔던 걸까.

전생

La vie anterieure

나는 오랜 시간 널따란 화랑에 살았네.
바다 태양이 수천 갈래의 빛으로 물드는.
곧고 위풍당당한 거대한 기둥은
밤이 되면 현무암 동굴 같았지.

물결은 하늘의 이미지를 담고,
근엄하고 신비롭게
음악의 풍요롭고 전능한 화음을
내 눈 속의 노을에 섞어놓았네.

이것이 내가 살던 고요한 기쁨,
하늘 속, 물결 속, 빛 속,
그리고 향기에 젖은 벌거벗은 노예들 속에.

종려나무 잎으로 내 이마를 식혀주던
그들의 유일한 치료는

나를 애태우는 고통의 비밀을
파고드는 일이었네.

모든 것이 괜찮고 문제가 없는 데,
피할 수도 없고 지워지지도 않는
끈질긴 내면의….

La voix

목소리

빨간 머리의 거지 소녀에게

A une mendiante rousse

빨간 머리의 새하얀 소녀여,
네 옷에 난 구멍으로
가난과 아름다움이 비치는구나.

내게는, 초라한 시인인 내게는,
붉은 주근깨로 가득한
네 병약한 몸의 젊음이
아름다울 뿐.

너는 소설 속
여왕의 벨벳 구두보다
더 점잖이
무거운 나막신을 신고 있구나.

그 짧은 누더기 대신,
궁중 예복의 옷자락이
네 발뒤꿈치에서
길게 늘어져 끌렸으면.

구멍 난 양말 대신,
부랑자들의 눈길을 쫓기 위한
빛나는 황금 검
네 다리에 채워져 있었으면.

옷 매듭을 헐겁게 해,
우리 죄인들을 위해
눈빛처럼 빛나는 네 두 가슴
드러내 주었으면.

옷을 벗을 때에는
팔로 마다해
장난꾸러기의 손길
단호하게 뿌리쳤으면.

가장 예쁜 진주,
시인 벨로의 소네트가
네게 반한 소년으로부터
끝없이 바쳐지고

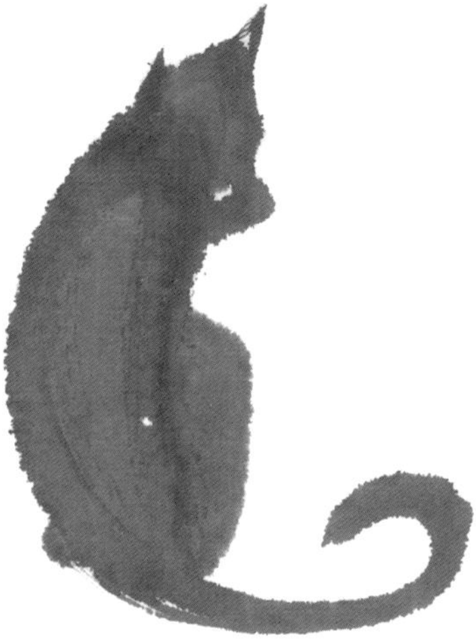

시 읊는 하인들이
자신들의 첫 시를 선사하고,
계단 아래에서
네 신을 우러러보았으면.

요행에 몰두하는 이들과,
영주들과 시인 롱사르 무리가
싱그러운 네 작은 방 염탐하며
즐거워했으면.

너는 침대에서
백합보다 많은 키스를 세고
네 법에 따라 발루아 왕들을
다스렸으면.

-하지만 너는
교차로에 있는 몇몇 식당 문전에서
오래된 음식 찌꺼기들을

구걸하겠지.

스물아홉 개의 알이 박힌 보석을
흘낏거리겠지만
나는, 오 미안!
사줄 수가 없구나.

그러니, 별다른 장신구 없이 가거라.
향수도 진주도, 다이아몬드도 없이
너의 야윈 몸뿐인
오 내 아름다운 소녀여!

초기에 보들레르는 내면의 공허와 유한함 등 포괄적이고 관념적인 것에 집중하고 있었지만, 그의 시선은 곧 동시대의 고통받는 자들과 연약한 자들로 옮겨갔다. 자신의 삶과 죽음에 대해서도 보다 실제적이고 가깝게 감지하기 시작했던 걸까.

목소리

La voix

나의 요람은
책장 뒤편에 기대어 있었다.

소설과 과학책과 우화집과
라틴의 재와 그리스의 먼지가 한데 섞인
어두운 바벨탑에.

내 키는 이절판지 책만 했다.
두 목소리가 내게 말했다.

첫 목소리는 확신에 찬 투로 능글맞게 말하길
"이 '땅'은 달콤함으로 가득 찬 케이크야.
나는 네 식욕을 풍부하게 해줄 수 있어.
(그러면 네 기쁨은 끝나지 않겠지!)"

두 번째 목소리는 말하길

"와라! 꿈속을 향한 여행으로,
가능성의 너머로, 아는 것들의 너머로!"

첫 목소리는 모래사막의 바람처럼 노래했다.
어디서부터 오는지 알 수 없는 이 구슬픈 유령의 소리는
귀를 달콤하게 어루만지면서도 두렵게 했다.

나는 두 번째 목소리에 답했다.
"그렇게 합시다, 친절한 목소리여!"

아아! 이날을 내 눈물과 불행의 시작이라 칭할 수 있다.

끝없는 존재의 장식품 뒤에서,
심연의 가장 검은 곳에서,
세계의 기이함을 또렷이 보고,
이 황홀한 통찰의 희생물로서
나는 내 신발을 문 뱀들을 끌고 다닌다.

이때로부터 나는,
선지자처럼
사막과 바다를 뜨겁게 사랑하며,
상중에 웃고 축제에서 울며,
가장 쓴 술에서 단맛을 찾고,

너무나 자주 사실을 거짓으로 여기고,
하늘에 눈을 고정하다 구렁에 빠진다.

하지만 그 '목소리'
내게 위로하며 말하길

"네 몽상을 지켜라.
바보보다 아름다운 꿈
현명한 자는 가지지 못하리니!"

한 목소리는 편안하고 굴곡 없는 삶을, 한 목소리는 도전과 구도의 삶을 권했다. 후자를 택한 자는 분명 고통스러웠다. 실패도 거듭했다. 그래도 거기에 삶이 있었다. 누구에게나 한 번쯤은 들려올 목소리. 아니면 여러 번 끊임 없이. 지금도.

적

L'Ennemi

나의 젊음은 어두운 태풍에 지나지 않았다,
이곳저곳을 비추던 찬란한 태양 통해서도
천둥과 비에 망가져 내 정원에 남은 건 빨간 열매 조금뿐.

이제 나는 가을의 정신에 다다랐으니,
삽과 갈고리를 들어
홍수에 잠겼던 땅을 새로이 일구어야지
무덤처럼 큰 구멍이 난 그곳을.

누가 알리, 내가 꿈꾸던 새로운 꽃들이
모래사장처럼 씻긴 땅으로부터 피어나
신비로운 양식으로 우리를 살찌울지?

– 아 괴롭구나, 괴로워!
'시간'은 삶을 먹어 치우고
심장을 좀먹는 불분명한 '적'은
우리가 잃은 피로 번식하고 견고해진다.

어떤 예술가는 말했다. 나를 이루기 위한 내면의 싸움을 멈출 때부터 내 안에서 죽음이 자라나기 시작한다고. 어쩌면 이 인생에서는 멈춰서는 안 될 싸움이 있는 것일까. 그게 존재자의 숙명일까.

심연

Le gouffre

파스칼은 깊은 나락을 늘 달고 다녔다.
- 모든 것이 그 깊이 알 수 없는 심연
- 행위, 욕망, 꿈,
그리고 말 또한!

소름 끼쳐 바짝 선 털 위로
'공포'의 바람이 불어오길 반복한다.

위, 아래, 도처에, 늪과 모래밭에,
침묵 속, 흉측한 곳과 매혹적인 공간에…
내 밤의 밑바닥에, 신은 전능한 손가락으로
쉬지 않고 여러 모양의 악몽을 그려 넣는다.

보일 듯 말 듯한 공포로 가득 차서
우리를 알 수 없는 곳으로 끌고 가는 심연을 두려워하듯,
나는 잠들기가 무섭다.

무수한 창밖으로 보이는 건 무한뿐.
내 영혼 어지럼증에 시달리니
'무'의 무감각이 부러울 따름.

아! 영영 '숫자'와 '존재'로부터 벗어나지 못하리.

●

표면으로부터 가늠할 수 없는 깊이. 그 존재들에 대한 시인의 공포에 대하여.

KIM

명상

Recueillement

오 내 '고통'아, 잠잠히 있거라, 좀 가라앉거라.
네가 바라던 밤이 여기 오지 않았는가.

희멀건 대기가 도시를 감싸며
누군가에겐 평화를,
누군가에겐 근심을 나른다.

천박한 인류의 떼가 '쾌락'의 채찍질에 몰려
노예들의 축제 속에서 회한을 모으러 가는 동안,

내 '고통'아, 내게 손을 내밀고, 이리 오너라.

그들에게서 멀리 떨어져서 보라,
지나간 시간이 유행 지난 옷을 입고
천국의 발코니에 몸을 기대는 것을.

강바닥에서 솟아오른 '후회'는 미소 짓고,
빛을 잃은 태양은 다리 아래 잠들고,

'동쪽 하늘'에 나뒹구는 긴 수의와 같은,
- 들어보라, 그대여 들어보라 -
친절한 밤이 걸어오는 소리를.

●

모든 것을 덮어주는 밤이 올 때까지.

인간 그리고 바다

L'Homme et la mer

자유로운 인간, 너는 언제나 바다를 따르리!
바다는 너의 거울,
무한한 흐름 속에 네 영혼을 비추네.
그리고 너의 정신도 바다 못지않은 아픈 심연.

너는 네 이미지 가운데 잠기는 것을 즐기네.
그것을 눈과 팔로 껴안고,
너의 심장 때로
걷잡을 수 없는 탄식의 소음에 흐트러지네.

너희는 어둡고 신중하여,
인간, 너의 심연 측량할 수 없고,
바다, 누구도 너의 내면의 풍요로움 알 길이 없네.
이렇게 너희는 자신들의 비밀을 굳게 지킨다!

그러나 셀 수 없는 시간 동안
자비도 후회도 없이 싸워온 그대들.
진정 파괴와 죽음을 사랑하는 자들 아닌가.
오! 영원한 전사들, 오! 무자비한 형제들이여!

투쟁의 숙명,

그러나 그 풍요로움과 깊이에 대하여.

음악

La Musique

종종 음악이 나를 바다처럼 사로잡는다!
내 창백한 별을.
나는 안개의 천장 아래
혹은 거대한 창공 아래 돛을 내린다.

돛처럼 가슴을 앞으로 내밀고
허파가 부풀어 오르면
밤이 내게 드리운 파도의,
밀려온 등줄기를 타고 오른다.

이를 견디고 있는 배의 온 힘이
내 안에 진동함을 느낀다.
순풍과 태풍, 그리고 그들의 격동이
깊은 심연 위에 나를 조용히 흔든다.

때로는
잔잔한 수면,
내 절망의
거대한 거울이 되어.

내면의 진동과 울림.

한 곡의 음악이 되어버리는.

뚜껑

Le Couvercle

어디로 가든,
바다 위든, 땅 위든,
열대 기후든, 희멀건한 태양 아래든,

예수의 제자이든, 시테르 섬의 시중이든,
꾀죄죄한 거지든, 번지르르한 부자든,
조그만 뇌가 빠른 이든 느린 이든,

어딜 가나 인간은 '예측 못 함'의 공포를 감내하고
떨리는 눈으로
위를 쳐다보는 일 밖엔 하지 못하네.

위, 바로 '하늘'!
이 지하실을 짓누르는
숨 막히는 천장 벽.

피에로들 하나, 하나가

피투성이 바닥을 밟고 다니는 희극으로
불 밝혀지네.

믿음 없는 자들에게는 두려움,
광적인 은둔자들에게는 희망,
'하늘'!

이 미미하고도 거대한 인류가
부글거리는
커다란 냄비의 컴컴한 뚜껑.

하늘 아래 있다는 것.
이것이 인간이 가진 숙명

여행으로의 초대

L'Invitation au voyage

내 아이야, 내 누이야
달콤한 꿈을 꾸어보렴
함께 사는 행복을.
한가로이 사랑하며
한가로이 죽는 것.
널 닮은 나라에서!

흐린 하늘의
젖은 햇빛이
내 마음에는 정말 신비로운 매력.
눈물에 반짝거리면서도
배신 어린 네 눈동자처럼.

거기서는 모든 것이 질서와 아름다움,
풍요로움, 고요와 희락일 따름.

세월이 닦아
반짝이는 가구들이

우리의 방을 꾸며주겠지.
가장 희귀한 꽃향기와
희미한 용연향이 섞인 향이 날 거야.

화려한 천장과,
깊은 거울과,
동양의 눈부신 색감,
모든 것이 거기서는
자기들이 태어난 곳의 보드라운 언어로
영혼에 은밀히 말해줄 거야.

거기서는 모든 것이 질서와 아름다움,
풍요로움, 고요와 희락일 따름.

바람기 있는 저 배들이
운하에서 잠든 모습을 보렴.
저들이 땅끝에서 모여드는 것은
너의 조그마한 욕망들을
채워주기 위해서이지.

- 저무는 태양이
들판과 운하와
도시 전체를
황금빛으로 뒤덮는구나.
따뜻한 빛 속에서
세상이 잠이 든다.

거기서는 모든 것이 질서와 아름다움,
풍요로움, 고요와 희락일 따름.

어떤 곳보다 진실되고 평화로운,
새로운 세상으로의 초대.
그런 내면으로의 초대.

여행

Le voyage

막심 뒤캉에게

I

지도와 판화를 좋아하는 아이에게
세상은 굶주린 식탐과도 같은 것.
아! 등불 아래 세상은 왜 이리 크고
기억의 눈에 비친 세상 어찌나 작은지!

어느 날 아침 우리는 떠난다.
머릿속이 타오르고,
응어리와 쓰디쓴 욕구로 가슴이 불어날 때,
우리는 간다. 영혼의 리듬을 따라
유한의 바다 위에 우리의 무한을 일렁이며.

어떠한 이들은 비열한 조국을 떠난 것에 행복해하고
몇몇은 요람의 공포에서 벗어난 것에,
몇몇 이들, 즉 여인의 눈에 홀린 점성가들은
위험한 향기를 지닌 잔혹한 키르케로부터 달아난 것에
안심한다.

짐승으로 변하지 않기 위해 그들은
공간과 빛과 작열하는 하늘에 취한다.
얼음덩어리 같은 추위가 살을 에고
햇빛이 그들을 그을리고
연인의 키스 자국이 점점 지워져 가도.

그러나 진정한 여행자들은 떠나기 위해 떠나는 자들.
풍선같이 가벼운 마음으로,
피할 수 없는 운명을 지니고,
왜인지 알지 못한 채로, 항상 '가자!'라고 말하며.

그들의 욕구는 구름 같고
신병이 대포 발사를 고대하는 몽상과도 같다.
어느 인류의 정신도 알지 못했던,
변화로 가득한 미지의, 무한한 기쁨을 꿈꾸는.

II

우리는 걱정스럽게도,

빙빙 도는 팽이와 튀어 오르는 공을 흉내 낸다.
'호기심'은 태양을 채찍질하는 잔인한 '천사'처럼
잠잘 때조차 우리를 괴롭히고 뒤흔든다.

별난 운명 속 목표는 대체 가능하고
어디에도 없다가도 어디에나 있을 수도 있는 것!
'인간'은 지칠 줄 모르는 희망을 안고
휴식을 찾아 미친 사람처럼 달린다.

우리의 영혼은 자신의 이카리아섬을 찾아가는
돛이 세 개 달린 배.
한 목소리 갑판 위에 울리길,
"눈을 떠라!"

광기 어린 시끄러운 또 하나의 목소리 울부짖길,
"사랑… 영광… 행복!
아! 그건 암초다!"

망보는 이가 가리키는 모든 작은 섬들은
'운명'이 약속한 '황금의 나라'
축제를 준비했던 '상상력'이
아침의 빛으로 찾아낸 건 '암초'뿐이었다.

환상의 나라에 사로잡힌 가엾은 자여!
이 취한 선원, 미대륙의 창시자를
쇠사슬로 묶어 바다에 던져야 하나.
그의 신기루는 영혼의 씁쓸함을 부추긴다.

늙은 나그네는 진흙탕에 발 빠져 꼼짝 못하면서도
하늘로 코를 높이 쳐들고 빛나는 파라다이스를 꿈꾼다.
미혹된 그의 눈, 그저 촛불 밝힌 초가집에서도
어디서나 카푸아를 구한다.

III

놀라운 여행자들이여! 우리는 바다같이 깊은 그대들의 눈

속에서 고귀한 이야기를 읽는다네.
풍요로운 그대들의 기억을 스크린에 띄워 보여다오.
별과 정기로 가득한 아름다운 보석들을.

우리는 증기와 돛 없이 여행하고 싶다네!
캔버스처럼 팽팽하게 당겨진 우리의 정신 위에
이 감옥의 권태로움에 즐거움 더하기 위해
수평선을 액자 삼아 그대들의 추억 그려다오.
말해보라, 그대들이 본 것은 무엇인가?

IV

"우리는 별들과 물결을 보았다.
모래사막도 보았지.
예상 못했던 충격과 재앙이 닥쳐와도
우리는 종종 이곳에서처럼 권태로웠다.

보랏빛 바다에 머무는 태양의 찬란함과
노을 속에 빛나는 도시의 영광은

우리의 가슴에 격정적인 조바심을 불붙여
하늘빛의 매혹 속에 취하게 했고,

부유한 도시와 웅장한 풍경도
우연이라는 것이 구름으로 만들어내는
신비로운 끌림을 담아낼 수 없었다.
그리고 욕망은 우리를 줄곧 근심에 빠뜨렸다!

– 성욕은 욕망에 힘을 더한다.
욕망, 그것은 쾌락이라는 비료로 자라는 고목,
나무껍질이 두꺼워지고 딱딱해져도
가지들은 태양을 더 가까이서 보려 안달 나 있다!
또 그것은 삼나무보다 더 강인한 생명력 가진 큰 나무,

욕망, 너희는 계속 자라나려나? – 그러나 우리는
당신들의 탐욕스러운 사진첩을 위해 크로키를
공들여 수집해왔다.
멀리서 온 것이라면 다 아름답다고 여기는 형제들이여!

또 우리는 번뜩이는 보물로 장식된 왕좌와
우상의 코에 절했다.
섬세하게 장식된 성, 그 환상적인 화려함은
그대들의 은행가에게는 파산을 부르는 꿈이 되리.
그리고 눈을 홀리는 옷들과,
이빨과 손톱을 염색한 여자들과,
능숙한 광대들의 몸에 뱀이 스르륵 감기는 광경도 보았다."

V

그리고? 또 무엇을 보았는가?

VI

"어린애 같군!
잊기 전에 제일 중요한 사실을 일러준다면,
우리는 지겹게도 불멸하는 죄의 광경이
운명의 사다리 꼭대기로부터 바닥까지 촘촘히 가득한 것을
보았다. 그다지 애써 보려 하지 않아도.

여자들은 천박한 노예, 오만하고 어리석어서
농담기 없이 자기를 칭찬하고 아무 부끄러움 없이
자기를 사랑했고
남자들은 탐욕스러운 폭군, 추잡하고 우둔하고
욕심 많은 노예 중의 노예, 시궁창의 더러운 물.

사형을 즐기는 망나니, 오열하는 순교자,
피로 흥을 돋우고 향을 내는 축제,
독재자를 부추기는 독약,
진을 빼는 채찍질을 사랑하는 사람들.

우리의 종교와 별다를 바 없는 여러 종교,
모두 하늘로 띄우는 '신성'.
이불 속에서 뒹구는 예민한 사람처럼
시련과 고난 속에서 기쁨을 찾으며

수다스러운 '인류'는 스스로 지혜에 도취하여
예전이나 지금이나 미쳐 날뛰며
화기 가득한 고통으로 신에게 울부짖는다.

"내 동포, 내 주인이여, 난 당신을 증오한다!"

그보다 덜 모자란 이들, 즉 '광기'를 사랑하는 이들은
'운명'에 묶인 거대한 대중으로부터 피해
아편 속으로 도망친다.
-이것이 이 세상 전체의 보고서이다!"

VII

이것이 여행에서 얻은 씁쓸한 깨달음!
단조롭고 조그만 이 세상은 오늘도
어제도 내일도 그 언제나 우리의 모습을 비춘다.
지루한 사막 속의 공포스러운 오아시스를!
떠나야 하나, 남아야 하나?
혹시 당신이 남을 수 있다면, 남아라.
떠나라, 떠나야 한다면.
누군가는 달리고 누군가는 주저앉으니.

'시간', 쉼 없이 달리는

이 치밀하고 불길한 적을 속이기 위해
아아, 떠도는 유대인처럼,
사도들처럼.

만족이 없는 자들한테는,
이 비열한 망투사에서 달아나게 하기 위해서
선박도 화물차도 부족하다.
어떤 자들은 한편 그들의 요람을 벗어나지 않은 채
시간을 죽이는 법을 안다.

그가 마침내 우리의 척추 위에 발을 올려놓으면,
우리는 희망에 차 외치리 : '앞으로!'
옛날 우리가 중국으로 떠났던 것처럼,
두 눈을 바다에 고정하고 머리카락 바람에 흩날리며.
우리는 '어둠'의 바다로 출발한다.
어느 젊은 행인의 기쁜 마음을 가지고.

이 소리가 들리는가? 매력적이고도 구슬픈,

"이리로 와라! 고국을 잊어버리는 향기를
맛보고 싶은 당신!
이곳이 당신의 허기진 영혼을 위한 기적의 열매를 파는 곳.
영원한 오후의 이국적인 달콤함에 취하러 오지 않겠는가? "

이 친근한 억양, 아마도 유령 아닐는지.
저기 있는 친구, 우리를 향해 팔을 뻗는다.
"그대의 가슴 식히기 위해 당신의 엘렉트라로 헤엄쳐
와라!"
옛날 우리가 그 무릎에 키스하던 여인이 속삭였다.

VIII

오 죽음이여, 늙은 선장이여, 시간이 되었다! 닻을 올려라!
이 세상 우리는 정말 지겹구나,
오 죽음이여! 출항을 준비하자!
혹시 하늘과 바다가 잉크처럼 캄캄하더라도
그대가 아는 우리의 마음은 섬광으로 가득 차 있다!

너의 독을 우리에게 쏟아 우리를 강하게 하라!
그 불이 우리의 뇌를 불태운다.
심연 깊이 잠겨라
지옥이건 천국이건 무엇이 중요하리?
새로움을 찾기 위해 '미지'의 깊숙이 빠져라!

●

그러나 진정한 여행자들은 떠나기 위해 떠나는 자들. 결국엔 죽음으로의 여행밖에 인생에 남겨지는 게 없다 할지라도. 떠나기 위해 떠나는 자들. 풍선처럼 가벼운 마음으로.

Charles Baudelaire

1821.04.09 ~ 1867.08.31

프랑스 파리 출신의 비평가이자 시인. 어렸을 적부터 작가가 되길 희망했지만, 법관이나 외교관이 되길 바랐던 의붓아버지의 반대와 억압으로 고등학교, 대학교 시절 불규칙하고 엇나간 생활을 한다. 대학 시절에는 아버지에 의해 인도의 콜카타로 떠났으나 이후에도 문학에 대한 꿈은 꺾이지 않았다. 21세 때는 반항이라도 하듯 수많은 재산을 탕진하다 가족에 의해 금치산자 선고를 받고 후견인으로부터 일정량의 연금을 받으며 생활하게 된다. 한편 자신의 존재에 대한 열정만큼, 그의 시 또한 당대 그 어떤 작가의 것보다도 대담하고, 형식적으로 거침없이 새로운 것이었다. 주제성 또한 인간 본성이 마주보기 싫어하는 고통과 악을 철저히 파헤치고 동시대 사회의 어두운 면을 소재로 하길 두려워하지 않았으며, 그 속에서 예리하게 인생의 본질을 추출하였다. 그의 삶은 말년까지도 평탄하지 않았다. 중풍과 성병, 빚더미와 자살 충동 등 몸과 마음이 지친 가운데 1867년 파리에서 사망했다.

'악의 꽃' 소개

불문학이나 시를 접한 경험이 있는 독자라면 '악의 꽃'이라는 단어는 익숙할지도 모르겠다. 그러나 아직 생소한 독자들에게 '악'과 '꽃' 어울리지 않는 이 단어 들이 어떤 연유에서 조합된 것인지 의문일 것이다. 순수하고 여린 꽃, 겨울을 기다렸다 한 떨기 짧은 날을 피는 꽃, 이 연약하고 아름다운 물성이 '악'에서 자라날 수 있다는 말인가.

악의 꽃은 악이 만든 꽃으로 해석하기보다는 악으로부터 난 꽃, 악의 경험의 끝에서 피어난 꽃이라 할 수 있겠다. 그렇다고 그것이 악의 반대편에 있는 '선'이라고 할 수도 없는 것은, 처절히 악이 수반한 고통과 모순의 동굴을 온몸으로 뚫고 지나간 후 그 끝에서 얻은 '인간의 무력함을 아는' 자유에서 오기 때문이다.

여기서 꽃은 그래서 악을 모르는 '선'과도 다르고 악에 맞서는 '의'와도 다르다. 그것은 자기 포기에서 일어나는 자유, 인생의 악을 '고통'스러운 것이라고 인정함을 통해 영원으로 향하는 내면의 '길'이다. 악을 통하지 않고서는 시인이 말하는 그 꽃을 피울 수 없다.

시인은 본문에서 악이 초래하는 가난, 질투, 이별, 박탈, 차별 등 모든 감정과 모순을 집대성하기도 하지만, 시공간이나 문법 등 규칙을 초월한 언어적 실험으로써도 익숙한 규칙의 파괴와 그로부터 분리된 것들의 새로운 조합을 통해 여기가 아닌 어느 다른 곳을 환기시킨다. 소재뿐만 아니라 시적 기술로서도 최상의 자유를 구현하려 한 것이다.

보들레르의 시는 어느 한 파에 속해있다고 보기는 어려우나, 그 형식상 낭만주의와 상징주의로 구분되고 있다. 상징주의는 사실주의나 보다파에 반발한 예술로서 표상에 의미를 두는 리얼리즘, 현실과 과학의 힘, 혹은 이성의 힘에서 떠나는 운동이다. 실제로 볼 수 있는 것, 감각에 의존하는 이오니아파의 반대편에 서 있는 플라톤의 이데아의 세계라고도 볼 수 있다. 이 세계관은 너머의 세계, 본질의 세계를 지향하며, 이 세상은 시인과 같은 통찰의 전문가들로서 알아낼 수 있는 것이라 보았다. 이들에게 보이는 것은 본질의 반영일 뿐이다. 이 세계는 끊임없이 변형되고 흘러가므로 영원한 실체가 아니며 이데아의 세계라는 항구 불변한 세계가 있을 것이라는 전제에 기초하고 있다.

그러므로 보들레르의 시어도 궁극적인 a를 환기시키기 위한 a′라고 볼 수 있겠다. 상징주의자들은 시의 힘으로 이데아의 세계에 도달하려고 노력했다. 현상적인 것은 가상이며, 존재의 진실, 본질을 그 안에 숨겨져 있다는 것이다.

이를 이용한 구체적 방법으로써 암시와 모호성을 사용하며 새로운 문법을 창조하기도 한다. 언어는 사물을 가로막고 있는 것일 뿐이기 때문이다. 그러므로 상징주의자들에게 시인의 세계는 광대하고 보편적이며 절대적이며 또한 시인의 목적과 역할은 본질로의 인도자, 투시자, 번역가이다. 상징주의자들은 내면의 세계를 탐구하고 보이지 않는 것을 밝혀내는 관찰자와도 같다.

'악의 꽃'은 건축물 같은 구조로 조직적인 형태를 띈다. 인생 여정의 순차라고도 볼 수 있겠다. '우울과 이상' 같은 역설적 공존의 인식에서 시는 시작하고 '파리의 묘사'에서는 사회 안으로 들어가며 여러 권을 지나 마지막 '죽음'에서는 내면과 외부 어디에서도 답을 찾지 못한 이에게 유일한 희망의 여행지는 죽음이라는 인식으로 이어진다. 이로써 시인은 현실의 모순성과 부조리함을 드러내고 모순이야말로 효과적인 진리 표현의 수단이었다.

시의 출판 과정 또한 녹록지 않았다. 1857년 처음으로 출판되었으나 과감한 주제나 선정성을 이유로 풍기문란죄로 고소당하고 벌금형을 물기까지 이르렀다. 그로부터 4년이 지난 후 유죄선고 받은 6편의 시를 제외하고 다른 시들이 추가된 2판이 출판되었다. 그로부터 오랜 시간이 지난 1949년 5월 11일, 보들레르를 옹호하던 많은 유명인사로 인해 보들레르에게 무죄 판결이 내려졌고 삭제되었던 6편의 시가 다시 프랑스에서 출판되었다.

'이것은 분노와 인내로 쓰인 책입니다.
게다가 이 책의 긍정적인 가치의 증거물은 사람들이
이에 대해 말하고 있는 악 안에 있습니다.'

– 샤를 보들레르

세상이 한 시대에서 다른 시대로 변동하는 때는 생명의 길이냐, 죽음의 길이냐의 갈림길에 맞닥뜨리는 순간이었던 것 같습니다. 특히 생명, 정의, 자유 등 지켜야만 하는 가치들이 위기에 놓였을 때 말입니다. 사람 또한 자신의 개혁 시점은 이와 비슷한 것 같습니다. 무의미하고 공허한 소음들에 내가 사랑해야 할 대상이 잠식당했을 때, 단 하나뿐인 존재자로서의 가치가 위협받을 때.

보들레르의 '악의 꽃'은 이런 위기의 씨앗을 우리 내면과 사회의 내부에 교묘하게 씨 뿌리는 존재를 고발하고 있습니다. 그것도 보기 불편할 정도로, 집요하게. 그것들이 잠식하려고 한 진정한 자유와 사랑.. 허무의 반대에 있는 영원과 꿈의 존재가 얼마나 빛나는 것들인가를 그 명암의 대비로 드러냅니다.

어느 시대에나 눈을 가리는 어두움은 존재해왔고, 우리가 사는 이 시간에도 그렇습니다. 시인이 마주하는 '악'의 존재에 마음이 불편해진다면, 우리의 영혼이 보내는 신호일지 모릅니다.

'여기서 벗어나고 싶다. 진정한 나를 찾고 싶다. 빛나는 가치를 사랑한다고, 그렇게 살고 싶다'고

그 신호를 읽을 수 있는 것도 축복일 것입니다. 존재에 대한 열정의 불씨가 아직 살아있다는 의미일 테니까요. 부디 '악의 꽃'이 전하는 '꽃'의 존재가, 혹 고민과 싸움 속에 있는 독자의 가슴속에 끝내는 가득 피어날 수 있기를 바랍니다.

문유림

악의 꽃

Les Fleurs du Mal

초판1쇄 인쇄 2019년 09월 02일
초판1쇄 발행 2019년 09월 09일

지은이 샤를 보들레르
옮긴이 문유림
그 림 김대영
펴낸이 최병윤
펴낸곳 알비
출판등록 2013년 7월 24일 제315-2013-000042호
주소 서울시 서대문구 증가로30길 29-2
전화 02-334-4045
팩스 02-334-4046

종이 일문지업
인쇄 수이북스
제본 수이북스

ISBN 979-11-86173-69-5 03860
가격 13,000원

이 도서의 국립중앙도서관 출판예정도서목록(CIP)은 서지정보유통지원시스템 홈페이지(http://seoji.nl.go.kr)와 국가자료종합목록 구축시스템(http://kolis-net.nl.go.kr)에서 이용하실 수 있습니다(CIP제어번호 : CIP2019033742).

잘못 만들어진 책은 구입하신 서점에서 바꾸어 드립니다.
알비는 리얼북스의 문학, 에세이, 대중예술 브랜드입니다.
독자 여러분의 소중한 원고를 기다립니다(rbbooks@naver.com).